地図と夢

千石英世

七月堂

序

地図を広げ、地名をみつめてみえてくるのは、そこに人の歴史が刻みこまれていることだが、もう一つ、そこには風水の気配が吹きこまれているということがある。古代ローマ人はこれをあわせてGenius Loci（ゲニウス・ロキ）の名で呼んだ。地霊である。ときにそれは、その地を旅する人の草枕に滑り込み、夢にあらわれ、早口で語りかけてくるという。その早口ぶりに旅人は困惑し、ついには夢から出られなくなるという。

地図と夢

目次

VII

装幀　倉本　修

地図と夢

I

水平線

仙台名取閖上（せんだい　なとり　ゆりあげ）

まず液状のセメントのなかに
空気の立方体が生まれた
そのなかに
翼のない鳥が泳ぐ

ひらたい海があって
うねる砂の波がある

つぎに

沈没して行く子どもたち
沈没して行く太陽
海が沈む

砂の波に風が吹きわたり
風が波になる
波が風になる
砂が消えた

つぎに
ひらたい海がたたまれて
折り込まれて
ひらかれて
水の立方体を目指す
鳥に翼が生えてくる

濡れたまま透きとおって行く
その奥に
セメント色の液状平野が見えてくる

アノ空
パール街紐育（ぱーるがい　にゅーよーく）

アア、ジュラルミンノジェット機ガ
　ソラハ
　　マッカニ
　　　青空
　　　　ツイーン！
　　　　　ビルディングズ
　　　　　　ハ　カガヤキ
　　　　　　　オノノクノハ
　　　　　　　　鳩ラ

スルドク
キラメキ
マイチルノハ
ワレタ
ガラスラ
オチ
クル
オトナ
！
ハットオドロキ
蟻ノ行進ハ
心臓ヲダキシメ
窓トイウマドニ
オノノキフルエルノハ
コドモラタチラ

約束の石

淀川右岸十三木川東（よどがわ　うがん　じゅうそう　きがわ　ひがし）

コップが、　割れるのは朝、
手が、
指の股から裂けていく、のも朝、
川のにおいが洗面器にたまっていく、

朝、顔を、剃り、
ぼくは血だらけだ、

朝、
顔をたたきながら、
妻は、
自転車に乗って夢から出てくる、

朝、
子どもたちは川へ、
光る石を探しに、
家を、でて、
角を、曲がって、
もう帰ってこない

下り坂の歩道

鳥居坂六本木（とりいざか　ろっぽんぎ）

土曜日
人は
影を
隠す
ために
影を
あるく
土曜日
色あせた

昼が終わると
街角で子どもが
一人ずつ
静かに
狂って
行く
土曜日
風船のように
ふくらんだ
頭を
かかえて
子どもは
一人ずつ
夕陽のなかへ
逃げて行く

消えた家

湘南辻堂（しょうなん　つじどう）

それからまた
眼の裏に陽が沈む
鴉の夕焼けだ
虹吹川のむこうで
森が燃える
崖が燃えあがる
空の四隅が剝がれた
大きな空が落ちてくる

家にむかって走る子ども
急げ
そなたの背中には
生きた花粉が吹き付けられた

漆黒の逆さ富士が
逆回転する時刻
重力の夢を
顔面に浴びて
消えた家にむかって
走れ

鋭角三角形の鴉が
柔らかな乳房のある鴉が
足元から斜めに飛び立つ

ここはどこだ

いちめん
こおろぎのなきわたる
紫の原野
この夢のなかで
知らない歌をうたう
むこうから
巨大な
地球がでてくる

夜よ来い鐘よ鳴れ

練馬小竹向原（ねりま　こたけ　むかいはら）

鳥は舞いながら嘴をそろえる
そこには孔が
ふたつ空いていて
夜の中で
鳥は息をしながら翼をとじる

そのまま
夜空をよぎってきて
洗面器をくつがえす

限りのない首振りをつづけて
魚の瞳をくりぬく　さらに
魚のからだをふくらます

水ははずんで
鱗を光らせ
魚眼を濡らす

ぼくはお経をとなえながら
眠っている団地を巡っている

鳥がぼくの名前を呼んでやかましい
みろ　頭のうしろ

鳥は瞳を回しながら

群れになって落ちて行く

そしてぼくの頭のうえに翻って鋭く鳴いて
ひとの瞳をほしがるとき
ぼくは両手をひろげ　はばたく
鳥の姿で魚を呼ぶ

魚よ　と

声は夜を裂きながら流れ
揺れる星座を解体する
死んだ魚の目が川原一面に散らばって
ぼくは両手に拾った眼玉をぶらさげて
夜の川原にたっている

言葉をくり返す
言葉をくり返す
猫のように
ぼくは
夜の中で宙返りしながら
魚のあぎとをあばいた
おお　鳥は朝焼けの空でしずかに舞い狂い
魚は緑の大気の中へ吊り下げられているではないか

夢の歌

南池袋雑司ヶ谷鬼子母神（みなみいけぶくろ　ぞうしがや　きしぼじん）

あの時あの人を夜空にはりつけた十字架は火柱の立つ樹であった
その幹に蒼白の火蟻が這い蒼白の火蟻が燃え立つ樹であった

以来それから
今おまえを地の奥にうずめる棺は
朽ちることなき強き樹となった
その大枝に有翼の狂女がよじのぼり
夜々夢の歌を歌う美しき樹となった

以来それから火が血となって

だから
今おまえは地上に浮上し伏臥して
樹木の精なる樹液に洗われるだろう全身
ゆがみながらどよむ樹齢千年の巨樹の根元
それから
今おまえは仰臥して
樹木の精なる新緑を浴びるだろう全身
ささめきながらゆれる樹齢千年の巨樹の根元

おまえに泣き笑いかける火色にぬられた御堂をみあげよ
頬をすりよせながら歓びあう姫フクロウらの睫毛のしずく
おまえに泣き笑いかける火色にぬられた鳥居をみあげよ
腐肉をくわえながら排泄して行く彦フクロウらの眉毛の塩

以来今から
おまえの血は海流となって全海洋を渡って行くだろう
以来今から
おまえの血は嬰児のしたたりとなって
全動物たちの
全陰嚢をみたして行くだろう
だから今から
おまえのきよめられた血は
蒼白の夜明けとなって
全葉脈からあふれ出す

朝

淀川右岸河口福（よどがわ　うがん　かこう　ふく）

静かにのぼる
静かにのぼる
梅干し太陽が

赤くなる
赤くなる
梅干し太陽が

すっぱい

すっぱい
歯がこぼれる
梅干し太陽に

新鮮
新鮮
梅干し太陽は

II

文字の散らばる座敷

神戸御影塚（こうべ　みかげつか）

やわらかな唇をひらくように
睡眠を
午後の方向におしひらく

うずく木々の水管　人の指とおなじ

古代遺物の不思議な鍋に似ている
緑青をふきだしている
こすればなつかしい音がする

昼の月がでていた
まるで深まる夢だ
いっさいくるしまずにいる夢の夢だ

ブルースの夜に

京都九条（きょうと　くじょう）

夕陽はふるえている
そのなかへ小鳥も落ちていった
風景は遠のいていく
そのなかへ電線も落ちていった
夕闇が渦を巻く
わたしの曲がった背中に花々は虹の粉末を吹き付けた
だからあの時
木々はわたしの舌を根で縛ったのだ
火の粉を噴きあげて舞い上がり舞い降りる小鳥たち

コスモスの馬

豊島千早（としま　ちはや）

昆虫採集の好きな少女は
血の匂いをかぎに行く馬にのりたくて
わたしの馬
きみは死になさい
死になさいね
わたしの馬
やせほそったコスモスの馬
きみは
死ね

と
つぶやき
夜ごと
様々な昆虫の翅を
むしりとっては
その匂いをかいで
さああ、落ちて行け
わたしのやせた馬
コスモスの裏へ　と
すやすや
眠るのです

裸足で帰ってくる人

高槻辻子（たかつき　ずし）

夜がふけるといつもの川が流れはじめる
そのむこうに
見慣れた煙突が一本そびえたつ
海が生き物になって
揺れながら
わたしの家に近づいてくる
台所の高窓をしめる
指先からねむくなってくる
電気を消す

記憶の骨

周防山口田布施（すおう　やまぐち　たぶせ）

お尻のおくで
光る宿便
天井のない
夜空を見上げて
ないているひと
星がみえすぎるのだ
夜の重力は
眠っている子宮を静かに通過して
わたしをめざして急行する

桃太郎は
夜
くらいとぼしびのしたで
人差し指一本で
果肉をつかれた
生まれたのだ
老いたるふたりは
ほほえみ
それから
太郎の嘴をはずした
骨を抜いた
それでも
背中は残る
皺だらけ
かえしてくれよ

かえしてくれよ
記憶の骨を

遠景の果て

小樽相生水天宮（おたる　あいおい　すいてんぐう）

凍る動物を砕く
地獄坂
バラバラに
なくした風景が笑う
闇が曲がる
背中を撫でる
それ、沸き立つ記憶、
胸のかけらを家の外に吊るした日
いつか見た金魚

暮れかけた部屋
人がどんどんいなくなる
動けない夢が夢のまま通りすぎる
聴いてもらおう目になる耳
舐めてもらおう鼻になる舌
それ、飲みこめ、つめたい記憶だ、
沈む地面
跳ねる言葉
泥みずのミゾレ降る
傾くいつもの煙突

星の下

天草船之尾（あまくさ　ふねのお）

魚が死んで
バケツの底から
白い腹をのぞかせている
ほの暗い便所からあかりがもれ出ている
ぼくが釣ってきた魚だ
いまは
真夜中
ぼくの脊柱が曲がりはじめる
頭蓋がゆがむ

ぼくはいまからひとりで老いて行くのだ

III

運河

品川下神明（しながわ　しもしんめい）

トラックが走りぬける国道を
妊婦が走ってくる　その後を
蒼い制服の警官が走ってくる
ぼくは運河を跨ぐ橋の上にいる
オーボエの練習をしている
風が河口の方から吹いてきて
オーボエが最低音を奏でる
走ってくるものたちは立ち止まる
塩の柱のように

耳をそばだてる
ともに息をととのえる
歌いだす
夢の歌
声は運河をさかのぼり
運河の奥へ消えて行く
オーボエが最弱音を奏でる
運河の奥から風が吹いてくる
橋げたの下をくぐりぬけ
河口の方へ吹きぬけて行く
風の奥に子どもたちのざわめきの声が聞こえる

消えた川

荒川東尾久（あらかわ　ひがしおぐ）

風呂屋の煙突直下を地下鉄が駆け抜ける町である
ことを
ぼくらは忘れてしまっていたのだ
木造アパートの窓からもれでてくる声が路地裏に漂う町である
ことを
ぼくらは忘れてしまっていたのだ

雨戸をいそいでしめるのがいいかもしれない
豆電球をそっと消すのもいいかもしれない
いまは日暮れ　すぐにも夜がくる

ぼくらはここまで漕いできた
自転車のペダルの軋む音にきがねもしていた
横断歩道の白い線が目にしみてもいた

電柱のかげで微風に打たれ
ガガンボは翅も閉じ瞼も閉じる
物干し竿のように長い肢は
ふかく折りたたむ　ここで交接するのだ

この町が
ぼくらがたずねあぐねていたあの町なのか
どこからか　ココ　ココ　ココ　と音がする
ここ　下町工場地帯　ここ
ここにかつて黒い大きな川が流れていたのだ

バスで行く

足立五反野（あだち　ごたんの）

ここまできたら
もう
土手を探し出すしかないから
どんな土手でもいいから
土手を探すのだ
人の住む町と水の流れる川にはさまれているだけでいいから
そこが土手だから
どんな土地でも土手はかならず探し出されねばならないから
からだの軽さに恥じながら

草の段々を踏む
段々を
踏むたびに
胸を張る
胸を
張るから
大きな空　広くなる
大きな空　風が吹く
風のなかに見えてくる遠いビルや倉庫
風の匂いにうながされてふりかえる
土手したたに肩を寄せ合う古ぼけた家々
物干し台に
エプロンがひるがえる
子どもの声がする
犬が吠える

自転車がふらふらあらわれる
タクシーが走り去る
バスが来る
自分が乗ってきたバスが
あんなに小さなものだったとは知らなかった

剃刀堤

隅田鐘ヶ淵（すみだ　かねがふち）

壁はコンクリでできている
窓はコンクリに穴をあける
穴のむこうは空洞になっている
空洞のむこうは
ぬけるような青空
壁を撫で
突き出た鉄骨に
鉄兜をひっかける
汗のひたいに

汗が乾かない
したたり落ちる
花はコンクリでできている
花を撫で
突き出た鉄骨にさわり
鉄兜をかぶる
走り出す
ゴールは
あの青空
走りぬける
穴が空く
鉄兜が砕ける
鉄と光が汗の皮膚にからみつく
砕けたのだ
穴のむこうは空洞になっている

空洞のむこうは
なにもない
ぬける青空
しずかにひろがる

骨につながる海

西宮浜甲子園（にしのみや　はまこうしえん）

浜辺で目をつぶってみてはじめて
じぶんに形があることに気が付いた
胡坐をかいてすわっているから
たぶん
三角形の仏像に似ている
腹も少しだけだが三段になっている
塗料が全面的にはげ落ちている
内側は空洞で
その奥は海で

もう汐が尻のあたりまで満ちてきている

カルデラの夜

指宿山川成川（いぶすき　やまがわ　なりかわ）

冷たくなった足の指を
内側からかぞえる一本の指がある
それは夜の指である
リズムにのって指をまさぐる指である
指が足りない

かぞえる指が足りない
燃え上がるカーテン
しずかにきえてゆく消防車

繰り返しみる夢

子どものころ
青蛙の股を裂いて
長い糸に垂らし
この池でザリガニを釣ったことがある

IV

無影照明

川崎夜光（かわさき　やこう）

朝は鉄の箱のなかでゆれていた
夕方　鉄の線のうえに坐った
つめたかった

近くで
落日があって
父は消えた

二度も

なにもない
空を見上げて
熱をだして冷えていった
こわれていた
関節を汚して
絵のようにかすんだ
家族を眺めていた

いまから
くずれれるすみれれと蛇むらさき
その残骸に
さわって
いびきをかいていた

無内容な

真昼の太陽は
ガラスを割って
ぼくにつかみかかってくる
それで
ぼくは
とても
うれしい

背が伸びるほどだ
背中がはがれる

真昼
星を吐く星が
つぶれる

半世紀をこえて

平田 俊子

千石英世さんはアメリカ文学者でありメルヴィルの『白鯨』の翻訳者としてわたしの前に現れた。二十年ほど前の話だ。ある新聞社の読書委員会の席で、月に一、二度ご一緒することが二年間続いた。そのあと大学の教員としての千石さんを知るようになった。千石さんが教える大学に招いていただいて、わたしは五年半、詩やエッセイの授業を持った。学生と接する千石さんを目にする機会は何度もあった。あたたかい人柄の千石さんは学生たちに慕われていた。

学者や大学の教員の中には付き合いにくい人もいるけれど、千石さんは全然そういうタイプではなくて、雲の上を歩くことを夢見ているような人だった。千石さんに会うと気持ちがほぐれて楽になった。千石さんの学生になりたい気さえした。

今回、わたしは詩人としての千石さんを知った。詩を書いていたなんてちっとも知らなかった。でも意外な感じはしない。アメリカの作家だけでなく、詩人についても千石さんは評論を書いていた。そして詩人で映画監督の福間健二さんと長年親しくしている。千石さんが詩を書き、こうして詩集にまとめることは自然な流れのようにわたしには思える。

『地図と夢』に収められた作品のベースは、千石さんが若いころ、具体的にいうと一九六〇年代後半から七〇年代後半にかけてノートに書きためたものだという。当時書いた詩に手を入れたものもあれば、そのままのものもあるという。どの詩にもタイトルの横に地名が記されているが、これは新しく入れたらしい。

詩集は「3・11の記憶地の一つ」である「仙台閖上」から始まる。失われた世界への追悼をこめて。それから「9・11の爆心地近傍にしてハーマン・メルヴィルの生地」の「パール街紐育」へ移る。ガラスの破片のように言葉が降る。続いて大阪、東京、神奈川、兵庫、山口などへ。いずれも千石さんにとって思い入れのある場所なのだろう。

「副題とした地名の存在が、若き日の書き物と」「今の私とを橋渡しするGenius Lociとなった」と、あとがきで千石さんは書いている。地名の力が千石さんをもう一度詩に向かわせたのだろうか。地名を口にすることで、過去の作品に新たな命を吹き込むことができたのだろうか。一方で「本書はGoogle Earthとともにあるといっても過言ではありません」、Google Earthは「本書の成立基盤でもあり成立目途ともなりました」とも書かれている。Genius LociとGoogle Earth、異色の顔合わせが詩集の完成を支えたらしい。

川。煙突。空。風。光。星。父。母。子ども。詩集を読み終えたあと、こんな言葉が記憶に残る。詩の語り手は「ぼく」であったり、「わたし」であったり、何者かだったり。明るいのに寂しさが降っている。健康なのに熱っぽい。詩を書いたのは青年だった千石さんで、手を入れたのは古稀を過ぎた千石さんだが、帰るべき家が見つからない子どもが詩集の中をさまよっている。行けども行けども、どこにもたどり着けない子ども。たどり着けないことを知っている子ども。子どもではなく精霊かもしれない。

整然としていながら遊びがあるこの詩集は七つのパートにわかれている。パートが進むごとに七編、六編、五編と作品の数は一つずつ減る。何かのカウントダウンみたいに。これでいくと最後のパートは二編のはずだが、なぜか三編だ。このあたりにも千石さんの企みがあるのだろう。

千石さんにとってこの詩集は過去の時間への再訪でもあるのだろうか。『地図と夢』というタイトルの「地図」と「夢」はシノニムのようだ。懐かしい地名は見果てぬ夢だ。

蝉の幼虫よりもはるかに長い年月、ノートの中で密かに息づいていた三十六の詩編。明るい場所にようこそ。ようこそ。

ときの蜃気楼

東京湾夢の島（とうきょうわん　ゆめのしま）

みかん　さかな　靴　鞄　缶　ビン　レンガ　タイル
白い便器
みんな
ちぎれた姿のまま
水際まで寄り切られてザワザワ沈んで行く

二台のブルドーザーが
うなり声を上げてゴミ山に突進して行ったのだ
東雲の空が大きく傾く

山腹がつき崩されたのだ
山頂がひきずり降ろされたのだ
稜線が踏みつぶされる
きらきらしたガラスの破片がゴミのなかに沈んで行く

視界がひらける
むき出しの
ゴミ埋立地が有明の海にむかって平野のように拡がる

あんなところに
都営バスを待つ人の長い列ができている
新しく巨大団地ができたのだ

ゴミのなかでユリカモメが鼻を鳴らした

濡れたおもいでが足もとに沈んで
腐臭

ゴミのなかでユリカモメが翼を揺らした
乾いた記憶が頭上に舞って
ホコリの気流になって
商街区の方へ流れて
並木通りの海風

風のなかでユリカモメが嘴をそろえた
しののめとゆめのしまのまんなかで
黄ばんでしまった白ブリーフが
汚水にひたり
ぼってり

サブウェイ・アニメーション・ジェル

小石川茗荷谷（こいしかわ　みょうがだに）

倒れた煙突もゆらめくのである
なかの残煙のゆらめきにゆらめいて
なかを駆け抜けてくる地下鉄もゆれるのである
なかで車掌がふらふらゆれるので

わたくしはといえば
朝、地下鉄の駅のプラットフォームまで降りてきて
きらめく照明にくらくらっと

くらめきその場でうなだれてしまうのでした
背中を丸めて目をつぶり
胸のつかえの通過を祈ります

すっぱい涙とともにうすくみえてくるのは
足もとにおだやかにひかえているくらがり
じっとわたくしを見守ってくれている
しずかなくらがり
わが胸のジェル状のつかえはしずまり

ありがとう
おだやかなくらがり
もうきらめきはいりません
このくらめきが消えるなら

もうきらめきはいりません

きらめく照明の底ふかく
ひっそりとただよいゆらいでいるくらがり
ありがとう
わがくらめきはいま通過してゆきます
ありがとう　くらがり　だから
許されるなら

もどりたい
もどれるものならもどりたい
くらがりのなかにもどりたい
子どもになってもどりたい

だから

ありがとう
レール、くらがりの奥へどこまでも伸びて行くレール、
ありがとう

だから
かえりたい
このレールをたどって行って
歩いて行って
どこまでも子どもにかえりたい
受胎告知の刻にかえりたい

だけど、だから、これから、
倒れた煙突はゆらめくのである
やあ、諸君、
なかの残煙のゆらめきにゆらめいて

朝を未来とうたう諸君、
さあ、わたくしの背中を狙いたまえ、
この朝、きらめく照明のもとに整列する諸君こそ、
この朝、朝からうなだれるジェル状の背中を狙うのです、

だから、だけど、これから、
倒れた煙突がゆらめくのである
なかを駆け抜けてくる地下鉄がゆらめくのである

ゆらめきながら迫りくる轟音
疾走する轟音

おびただしくも諸君の諸手の一突きは、
うなだれるジェル状のわたくしを突くのです、
そこはお尻です、

ありがとう、そこが背中です、
まぶたの母なる妊婦のまぶたはやわらかく
ジェルになったわたくしを包みこむ

ああ、その一突き、
ありがとう　の一突き
くらがりへ！

走り去って行く轟音

なかの車掌のゆらめきにゆらめいて
アナウンスがゆらりゆらりと告げるのは
もうホームのはしは歩かないでください

遠く消えて行く無音
無音をたどるジェルの背中
奥へ
歩き出す
いままでありがとう

無音の穴から冷たい風が吹いてくる
膝から下がひえてくる
まぶたの母なる妊婦のまぶたはやわらかく
ジェルのわたくしを包みこむ

降誕祭

板橋高島平（いたばし　たかしまだいら）

もうそんなものはないとおもっていた

都会の西空に垂れていった地平線
そのむこうに沈んでいった赤い緑児

あれはあそこの夫人が産んだのだ
黒の礼服に身を固めた夫が
その児を縄でしばって
ひきずって

駅のプラットフォームを駆けぬけた
捨てに行くのだ

あれは地平線のむこう
乳白色の電光板が風にゆれる夜の駅でした

ひきずられて
緑児の
ちびていく
唇から流れでる
赤い水溜り
だまってまたいでいく
夫人

濃紺の背広上下もつつましく

駅員だってやってきた
踊りながらやってきた
まもなく聖夜です、切符を拝見します。ない？

唇の跡を探し求めて
緑児はなまめいて
指を吸い

ああ、夫人！　それではさようなら！

消えた子と今宵のちぎりをむすぶ母のむねはいま涙の川
しろくながくよく冷えたうなじ
しぼればしぼるほど今宵無数にしたたり落ちるいとたかき緑児

サンセット大通りの師走

淀川右岸姫島（よどがわ　うがん　ひめじま）

ちっとだけ電気点けてくれんか
するとベッドにうっすらと白さがひろがった
寒うない冬はどこまで南下しとるんや？
死者の禿げ頭に黒ずんだ皺が一本伸びて行く
電気もういらん
死者の禿げ頭に黄色の脂が浮き出てくる
電気消してくれんか
するとベッドにうっすらと影がひろがった
寒うない冬はもうそこまで来とるんか？

もう来とるんやな？

窓の外は師走の暮れがたでした
みごとな夕焼けです
とうとう目がみえんようなってしもうたわ

この年最後の４輪オルゴールが
道路脇に積み上げられた生ゴミの山を飲みこんで
あわただしく走り去って行こうとします
と、
バンパーに両手を当てて押しとどめる金髪清掃局員一人
破顔一笑
半身にかまえト短調の調べに合わせて歌いだす
ことしは　もう　収集には　来んからな！
と、

今度は反り身になって
高々と空中に持ち上げるからっぽの青色ポリバケツ
大容量　９０００cc
歌舞伎役者の口跡にて
ネンナイ！　コレニテ！　ゴメン！
と、
投擲すれば
冬の舗道に撥ねる　冬の舗道に弾む　冬の舗道に踊る

踊りの跡に汚水　点々
点々　点々
細い流れになってしたたるドブのなか
とくとくと

死者よ　死よ　父よ　わたくしを終えるものよ

逝けるものよ　ドブとくとくと

町はいま師走の暮がた、みごとな夕焼けです、

爪が伸びてきたので爪を切ります

V

アナキストのいる部屋

尼崎左門殿川水門（あまがさき　さもんどがわ　すいもん）

あけはなたれた暗室の奥で
わたくしはスープをすすっては
くさい息を吐く
フォークの股をなめてみる
知らないわけではなかったのだ
むかしから
ここには
緑の毒がふきだしている
だから

わたくしはいつも体が苦しい
体が痛い

断食

新宿花園（しんじゅく　はなぞの）

意志の力で眠りに行く
乞食を描いて乞食になる

ばばあがかざす合わせ鏡
そのなかに
透きとおるまで白熱する陰核鎖骨
あのころ私は
髪を赤く染めて一人で田植えをしていた

からすが滑空する空の下だった

水脈

兵庫夢前（ひょうご　ゆめさき）

川は、夜、緑
し
たた、る
ヌード日本の、長い
い
つわりの
したたらず
の野の
はじまり、

あたり、は
ずれで、
流れは
じめ、
透明花
びら、
敷く
つめた
流せ
地面の背中、
ニムケ
て流せ、て流せ、
荒れ、紅の首、
からの寄せる
年波

夜の舌
メクレ
明々と
グルメ
揚げ、
いちまい
軽い頭握り潰して
老い倒す
日本半島　へ　床
ずれ
の
ほほのほ
ね　根　ね
骨連れの曲線美　へ
なごりのブリキ尻、鉛尻、鉄尻、

白桃、
缶詰、
におう
丸見え、
へ！
流れて見せて
下され、
水より固い
液体、
立っておってくだされ、
父握ります小娘の鼻
ほと
しばってくだされ、もの、もの、
遥かなるかなかるび、
の家、しばかれて眠る、の家、

よりもなつかしく、
ひろげてみせてくだされ、
しずかに湧きあがる排泄の、
わたしら、
ヌード日本、
今盛り上がり、マス、
黙って立って、おってくだされ、
黙ってとけて、おってくだされ、
わたし。ら。らり。りる。ろり。

風の止んだ日

神崎川左岸御幣島（かんざきがわ　さがん　みてじま）

砂のなかの骨
手のなかのやわらかな蛇むらさき

魚が動けない
あれはわたしの顔
肉に肉をつめられて
ベトコン坐りの娘がいた
いかがわしい
横倒しになって

頭の上には
どこかで見たことのある
大きな顔がぶらさがっていた

晴れた日
きょうはだれもわたしを殺しにこない

VI

無重力

京都下京天使突抜（きょうと　しもぎょう　てんし　つきぬけ）

浮いたままで沈んで行けば行きつくところにたどりつけない。そのまま。重力と風力に貫かれてゆれて腰をねじれば火色の肉ひらき蒼白の骨倒れる。音。音。耳が落ちる。つかめない。耳を拾った。そのまま。逆立ちで足指のさきから昇って行くときは毛髪のさきから降りて行くとき。そのまま。黄色のセロファンのしわしわの縮れのむこうにマッチ棒の林立。密集する赤丸い顔。顔。わたしたち。そのまま。本気にすることのない朝のめざめへ。そのまま。夢をこわがる夢のなかでお尻が尖る。そのまま。そのまま。以下同文。

夜警の肖像

豊島西巣鴨（としま　にしすがも）

あれは、白い薄板で囲われた脳室の内壁に星の明かりを貼りつけようとして仕損じてばかりいるところのわたしであるところのあなたであった。寒い夜であった。余りに寒かった。けれどもないないない坊主のないない語りは語るべし。ツキはないし金もないし髪もない。もうすきな人もいないし禿のわたしが死ねば冷たい土に黄色い汁がにじみ出るだけのそんな夜であった。あなたは夜を警備していた。あなたはないないないづくしのいないいないバアでしかないところのわたしなのであった。なのにそんなわたしでないところのあなたは夜を警備しつづける。あの冬一番の寒い夜だった。それでもあなたはちかくの小学校の運動場にひとりふわりと降り立ったのだ。見渡せば遠い薄闇に浮かぶブランコ、スベリダイ、ジャングルジム。その他、その他、はずむ昼の声の残影もゆらめいて、冬枯れの欅の梢にこだまして、見上げればアパートの窓々に明かりが滲むようにともっている。寒い駅からの帰宅者たちなのか。夜空に星座がのぼりはじめていた。やがてあちらの窓の明かりが消えこちらの明かりも消えて運動場の闇は深まった。この闇を警備する。そして夢を守護する。と、最後まで明かりの残っていた窓が一転暗転し闇にひとすじ小さく湯気がゆらめき上がった。いま雨戸を閉めた白い大きな手からふわりと上がる湯気なのだった。そんなにも寒い夜であったのだ。

階段の屈折

神奈川町田（かながわ　まちだ）

いまの住所にたどり着くまでいくつの住所を通過してきただろう。住所という言い方はおかしいかもしれない。いまの住まいに落ち着くまでといったほうがいいのかもしれない。だが、なぜかそう言いたくない。住所でたくさんだという気持ちがする。でも住所と言ってしまうと、その住所で手紙なり通信物なりをやりとりしたという実績がなければならないような気がする。その実績を問われると僕は困ってしまう。実績なしでなお住所と言ってしまいたいのだ。いまの住所にたどりつくまで僕はいったいいくつの住所を通り抜けてきただろう。

住所のあるところはたいてい家である。寝起きした場所の履歴ということだ。いつだったかホームレス中学生という本が流行したことがある。そんな経験でもなければ住所の所在は多くの場合雨露をしのぐ屋根の下にある。だが、屋根の下であっても、どの部屋か、どの片隅だったか、そこを表示してはいけないだろうか。住所とはそこまでをいうのだと思ってはいけないだろうか。北緯何度何分東経何度何分などと。

古ぼけた二階家に住まっていたことがある。幼年期のことだ。庭石をたどり玄関に入り式台にあがり廊下をたどるとほどなく左手にふかい空白を見上げることになる。二階の部屋に向かって段々が連なっている。この階段下のスペースに一畳半ばかりの納戸があった。そこで寝入ってしまったことがあった。三、四歳のころのことだ。そこが住所、いや、そこも僕にとっては通過してきた住所であるような気がしてならないのだ。

階段の踏み面は左右になが広い矩形だが、二階に上るのに大人がするように踏み面を踏みしめてゆくのではなく、左右の手の平で踏み面を撫でるようにして這いあがってゆく場合、面の形状はやがて固い三角形を帯びてくる。そして最も三角らしい三角があらわれる。ひろびろとした三角形のことだ。そこで階段の進行方向が反転するのである。いや階段の進行方向ではなかった。這い上がる僕の身体の方向が百八十度反転するのだった。振り返ると登り始めがほのぐらく見える。あごを上げると、たどりつく場所が薄く明るんで見える。上下ちょうど中間地点なのだ。そこでも寝込んでしまったことがある。同じ幼児期のことだが、家人が僕のすがたが見えぬと騒ぎ出し一階のあちこちを探し、階段下の納戸も探したあげく、ようやくのこと、そこで寝入っている幼児を見つけたということだった。下からは死角になっていたのだ。何があったのか、たぶんすねたすえの隠れてする泣き寝入りだったのだろう。そこも僕の住所だったような気がしてならない。小一時間とはいえそこで寝起きした実績なのだ。

その当時、兄や姉は僕がその家で生まれたのではないと口々にいうのだった。僕は僕の記憶にない家で生まれたのであって、嬰児である僕を抱きかかえて父母きょうだい一家六人は前に住まっていた家からこの家へ引っ越してきたのだというのだった。僕以外の五人、父や母や長兄次兄や姉はしばしば前の家のことを団欒の話題にのぼせた。引越し前に住んでいた家を前の家と言っていた。前の家より広いね、庭に防空壕があるぜ、遊び場所にこまらんぜ、前の家にはこんな背の高いシュロの樹はなかったよな、井戸があるぜ、などなど。そういえば父方の祖父も同居していた。かわいがってもらったはずの祖父だ。そこは祖父の死と、葬式をだした家である。その場面は幼い記憶に鮮明にある。祖父は庭の棕櫚の樹にはしごをかけ大きな葉を刈り取ってはそれを束ねて庭箒を作ったり、ハエタタキを作ったりしていた。それをとなり近所に配り歩いていた。こんなでハエタタキになるのねえと笑って受け取るひともあった。使い捨てになりますわと祖父は僕の手を引きながら笑っていた。

中年に達した父は少しばかり広い家に引越しをして田舎

から祖父を迎えたいということだったのだろう。祖父だけではない。親戚の人がいろいろに出入りしていた。タンバのおじさん、ミキのおばさん、ミカツキのおばあさん、いろいろな人がいた。地名で呼び分けるのだった。順に丹波、三木、三日月なのだった。かれらはいちどきにかさなって同居していたのではなく、入れ替わり立ち代りどこそこのおばさん、どこそこのおじさんと呼ばれながらしばしのあいだ同居していた。父が面倒見よかったということなのだろう。暮らし向きが少しは安定しはじめたということだったのかもしれない。

高校生になったころのことだ。兄や姉が「前の家」といっていた家を探しにでかけたことがある。住所だけがたよりだった。兄や姉には秘密だった。いまもこれは話していない。電車を乗り継いでその町の駅に降りたった。

家の形状や外観を聞き知っていたわけではなかった。予備的にそれを聞きだす気はしなかった。恥ずかしい義務を果たしているのだ、これは自分ひとりのことだ、そんな意識があった。

だが、住所をたよりに歩きまわっても一軒の家を特定することはできなかった。これかな、これかなと、三、四軒の家の前に立ち止まるだけだった。ノックして私はここで生まれましたのでしょうかと訊いてまわるわけにもいかない。ただ街路のたたずまいを感じて満足して帰ってきた。帰ってきた家はここまで語ってきた棕櫚の樹のある家ではなかった。あれから、さらに我が家は何度か引越しを重ねているのだった。暮らし向きに変遷があったわけである。高校生になりたての僕は、だから、前の前の家を見に行っていたのだということになるのだが、あれから、さて、今日までいくつの住所を通過してきただろう。こんな退嬰的ともいうべき来歴を語っている僕なのだが、人並みに結婚もし、子供もでき、その子供たちも巣立っていった。ありがたいことだ。妻にも感謝しなくては。だが、最近とみに独立性をたかめてきている妻なのだ。どうしよう。どうすればいいのだろう。それはそれとして、これから、僕の住所はどこになるのだろう。いやその前に、巣立っていったものたちの住所はどこだったのか。それが気になってくる。その住所にかれらの住所はあったのか。かれらはじつは逃げ出していったのではないのか。こんな私から。もしそうなら、どうすればいいのだろう。どうすればよかったのだろう。もうなにもかも手遅れなのか。もしそうなら、わたくしも。

VII

八月

兵庫加古川右岸社（ひょうご　かこがわ　うがん　やしろ）

弥勒川の土手に
夏草が繁茂して
流れる川は見えない

わたしの住む弥勒川沿いの街では
母と子が昼寝をするときは
信号はすべて
海のいろになる

白い鶏のトサカが揺れて
陽は
カンカン照りとなった

まぶしくて家をでた
父たちは
みんな目を閉じて十字路をわたった
音楽が聞こえてくる
白い鶏が砂をついばみながらついてくる

父たちは
弥勒川の土手にのぼって
目をあける
夏草のように

鶏が鳴いてやかましい

地面が熱い
足もとで石がゆらぐ
すきとおってゆくところだ

気象

千葉海神（ちば　かいじん）

北半球の五月
風力3
青空
南下
太陽は
子午線をくぐりぬけ
下界にひとり
体をハンマーにして
骨の太平洋を砕いている人

白昼

日本橋東日本橋（にほんばし　ひがしにほんばし）

白昼
ポキポキ
固い線を折る
まことに
あなたの背骨に似た
灰色の骨だった
その粉は
白かった
さらさらさら

血の入った
石が
割れて
まぶしかった
はやくも
声を
のみこみ
アルマジロのように
まるまり
地球になる
黒々とした臍の穴から風が吹いてくる

Genius Loci（ゲニウス・ロキ）
あとがき

本書の成立事情について

若いころに詩を書いていたのは事実ですが、一冊の詩集にまとめようという意欲があってのことではなかった。あったとしても、もう遠い忘れた夢のようなものになっていたというほかありません。

ところがここ最近、2020年をむかえて、詩人で映画監督の福間健二さんとの行き来が頻繁となり、それがこの方向に私を導きました。詩の話とか詩集の話をしていてそうなったわけではなく、福間監督の映画撮影の現場に同道するうちに気持ちがその方向に動き始めたという感じです。その前に、そのほんのすこし前に、前年2019年、令和1年の年末、これとは別ルートで、詩人で米文学者の渡辺信二さんとのやりとりがありました。ほんの立ち話のなかに、あのころの書き物はどうするの？　と、ひとことだけですがいわれました。渡辺さんには若いころの書き物をみせたことがあったのでした。それももうずいぶん前のことですが、覚えていてくださったわけで、それで、どうするんだろう？　おれ、と他人事のように自問せざるをえぬ状況になったことはなっていたのでした。
２０２０年、令和2年を迎えるころの、また迎えてからの、こうした出会いが契機となったといえるとおもいます。他にも心当たりのことがないわけではないのですが、それは措き、くわえて、２０２０年、令和2年の春のコロナ禍、これは今なおその真只中なのですが、これが私にとって稀有な自由時間となり、あのころの書き物を引っ張り出し整理しはじめたというわけです。少し手をいれました。いや、たくさん手をいれました。手を入れるに際し、こころにとがめるものがありましたが、覚悟をしてもらいました。あきらめたわけです。

頼りになったのはGoogle Earthです。本書はGoogle Earthとともにあるといっても過言ではありません。本書に出てくる地名は私にとっていろいろな意味において大切な地名なのですが、Google Earth出現以前から、紙の地図上においても大切な地名だったのですが、といっても、あくまで私情において大切ということなのですが、それをサブタイトルに出すほどにこのコンピュータ・プログラムの傑作は本書の成立基盤でもあり成立目途ともなりました。

本書は二人の詩人と一つのコンピュータ・プログラムに深甚なる謝意とともにささげられます。

本書の成立環境について

COVID–19による蟄居禁足の日々、現在、2020年晩春、そして初夏、古稀をむかえて一年を経ようとしていた私に不意におとずれた自由時間、この時間がなければ本書は書かれなかった。しかしそういってしまうと、若い日の書き物を今の感覚で、いや、今、よわいこのとしを迎えて、わざわざ書き直そうというのか、それとも、若い日の産物は若い日のものとして手を付けずそのまま滅びるにまかせるのが正しいのか、これを判断するのに、自力一徹ではなく、偶然の奇禍という他力の援助を得たことでやや恥ずかしい思いに沈んでいます。あらぬ偶然を頼って自力一本じゃないじゃないかというわけです。

とはいえ、これはこれで、奇妙にも裏返しになった形で、時代という名の偶然に私なりにコミットすることになるのではないかとおもい直してもいます。偶然は必然の予兆かもしれない。そんな予兆にコミットすることで、これは、うれしくはないが、そして、慣れてはいないが、今は、そして以後は、好むと好まざるとにかかわらず時代なるものに巻き込まれるだろうという予感です。これはもうここにおいて、すでに巻き込まれているのだという感覚でもあって、ならば、すすんで引き受けようという自覚です。

以上のことと、本書の書き直し作業の道程は平行してきました。道程の一端を本書の冒頭の作で紹介しますと、これは若き日の書き物を書き直したものですが、もとは1960年代後半に書いた海辺のスケッチでした。その小品を何年振りかで、いや、何十年ぶりかで読み直してみたところ、その場でただちに数行加筆するに至り、さらにその場で新たに副題として、3・11の被災地支援で訪れた地の地名を付与するに至り、結果、現行のような作が得られたのでした。同様にして、他のどの作も、末尾近くの散文ふうのものを例外として、濃淡の差はありますが、60年代後半から70年代後半にかけてノートに書き留めていたものを書き直し、そこに副題の地名を付与することで成立しています。書き直しゼロの作も、原形をとどめぬほどに書き直されたものも、さまざまなのですが、副題とした地名の存在が、若き日の書き物と、よわいこのとしを迎えた今の私とを橋渡しするGenius Lociとなったことを申し添えたくおもいます。これらの地名は私情において意味ありと右に記しましたが、むろん他者と共有不能のものでもないと考え、地名私注を掲げました。

２０２０年７月７日現在、COVID−19による死者は、この天球の各緯度、各経度の全球にわたりその数５３万にたっしているとの報道です。報道されるこの凄惨な時代状況と本書の成立には、決して浅いとはいいきれない経緯があることをここに改めて記し、死者への哀悼とし、わが覚えとしたいとおもいます。

本書刊行にあたり、七月堂社主の知念明子さん、ならびに編集部の後藤聖子さんにたいへんお世話になりました。記して謝意を表したくおもいます。そして、栞文を寄せてくださった平田俊子さん、ありがとうございます。

２０２０年令和２年７月７日

今日、９月２９日、１００万人を超えたといいます。疾病のいちはやき収束を念じ

つつ。時代の屈託のふかきをおそれつつ。——著者識

地名私注

I

閖上——3・11の記憶地の一つ
パール街——9・11の爆心地近傍にして作家ハーマン・メルヴィルの生地
十三木川東——古書店金文堂近傍にして木川劇場の地
鳥居坂六本木——旧永坂孤女院日曜学校旧址近傍
湘南辻堂——古書店古本大學近傍にしてシネマズ湘南の地
小竹向原——武蔵野音大、日大芸術学部近傍にして詩人吉野弘旧居旧址
鬼子母神——古書店往来座近傍
福——外島保養院記念碑近傍

II

御影塚――菟原処女古墳（うないおとめこふん）の地にして謡曲求塚の故地
京都九条――映画「パッチギ」ロケ地近傍にして東寺近傍
豊島千早――池袋モンパルナス旧址近傍にして旧区立第十中学跡地
高槻辻子――枚方水面廻廊の対岸地にして府営深澤住宅近傍
山口田布施――八海事件故地にして虹ケ浜海水浴場近傍
小樽水天宮――旧北海道拓殖銀行小樽支店近傍にして作家小林多喜二故地
天草船之尾――本渡祇園橋の地

III

下神明――第二京浜国道沿い白蛇弁財天近傍
東尾久――旧千住火力発電所大排煙筒4基旧址対岸
五反野――旧業平橋駅、現東京スカイツリー駅対岸
墨田鐘ヶ淵――鐘淵紡績株式会社終焉の地にして謡曲梅若の故地

浜甲子園――旧甲子園ホテルの地にして旧外人プール旧址
山川成川――カルデラ鰻池近傍

IV

川崎夜光――小島新田根本造船所近傍
夢の島――砂町銀座近傍
茗荷谷――文京区立小石川図書館近傍
高島平――東武練馬徳丸坂下不動通り下り坂
姫島――旧姫島病院旧址

V

尼崎左門殿川水門――杭瀬中市場演芸ホール近傍
新宿花園――花園饅頭本舗近傍
夢前――夢前川沿い弥勒寺近傍

御幣島――江崎グリコ本社近傍にして現大野川暗渠緑道の地

VI

下京天使突抜――新生裁縫教室近傍
西巣鴨――都電荒川線巣鴨新田近傍
神奈川町田――二級河川境川両岸の地

VII

加古川社――ＪＲ加古川線厄神駅近傍
千葉海神――山野浅間神社の地にして東京ディズニーシー花火遠望の地
東日本橋――旧日本橋久松町旧小川商店旧址近傍

著者紹介

一九四九年生まれ。著書に『小島信夫　暗示の文学、鼓舞する寓話』（彩流社）、『異性文学論　愛があるのに』（ミネルヴァ書房）、『白い鯨のなかへ　メルヴィルの世界』（彩流社）、『9・11／夢見る国のナイトメア　戦争・アメリカ・翻訳』（彩流社）ほか、訳書に『白鯨　モービィ・ディック』（講談社文芸文庫）ほか。

地図《ちず》と夢《ゆめ》

二〇二一年一月一一日　発行

著　者　千石《せんごく》　英世《ひでよ》
発行者　知念　明子
発行所　七　月　堂
〒一五六―〇〇四三　東京都世田谷区松原二―二六―六
電話　〇三―三三二五―五七一七
FAX　〇三―三三二五―五七三一

印刷・製本　渋谷文泉閣

Printed in Japan
ISBN 978-4-87944-431-8　C0092